KB275275

꽃이 보낸 편지

꽃이 보낸 편지

최정희 시집

도서출판 시인

시
인
의
말

길을 걷다보면
다양한 꽃이 말을 걸어옵니다.
그들의 이야기에 귀기울이며
틈틈이 누군가에게 편지를 썼습니다.
그 편지 조심조심 문고에 얹습니다.
꽃밭에 앉아 많은 생각을 했던 것처럼
나의 언어도 누군가의 뜰에 씨앗으로 내려
오래 그와 함께 이야기꽃 피우면 좋겠습니다.

처음 시의 흥을 알게 해주신 임석 선생님,
부족한 언어를 들고 밖으로 나가고 싶어 애태울 때
"시를 쓰는 순간 너는 이미 시인이다" 하시며
용기를 주신 김윤배 선생님,
따스한 마음으로 시심을 일깨워 주신 강기옥 선생님,
넓고 깊은 문학성으로 다가와 진정한 시인이란 누구인가
를 일깨워 주신 김대규 선생님,
그리고 항상 곁에서 조용히 지켜봐 준 가족,
저를 기억하여 주신 여러분,
부족한 제 곁에서 늘 아껴 주셔서 감사합니다.
시집이 나오기까지 애써준 도서출판 시인 장호수 대표와
김은숙 시인, 최영미 시인에게도 고마운 마음입니다.

앞으로 더욱 겸허한 자세로 맛깔 나는 시를 써서 여러분
곁에 오래 머무는 시인이 되고자 노력하겠습니다.

2011년 4월 안양에서 최정희

초승달

최정희

하늘에 뜬 초승달
어머니의 흰 허리.

하늘에
정화수 떠 놓고

아무리 가난하여도
딱 이 만큼색만 채우라

늘 풍족하여도
딱 이 만큼색은 비우라

억만년 지나도 변치 않을
저 달 같은 말씀.

서문

감성의 의인화, 또는 은유의 힘

감성의 의인화, 또는 은유의 힘
『꽃이 보낸 편지』의 시적 특징

김대규 시인

일반적으로 시의 초심자들에게는 두 가지 공통되는 소망이 있게 마련이다. 그 하나는 '시인'이라는 이름을 빨리 얻는 일이요, 또 하나는 자신의 개인 시집을 간행하는 일이다. 이와같은 현상은 시 지망생들의 꿈, 혹은 열병이라 할 수 있겠는데, 이 병을 어떻게 앓고 어떻게 치유하느냐에 그의 시인으로서의 앞날이 결정되는 요인인 것이다.

내가 최정희 시인을 알게 된 것은 안양의 「글길문학회」를 통해서이다. 햇수는 그리 오래되지 않았지만, 무엇보다도 시에 대한 순수한 열망이 넘쳐, 습작에 습작을 거듭하고 있는 진지한 자세에 감복했다.
따라서 이『꽃이 보낸 편지』는 최정희의 첫시집이기에 일차적으로는 그간의 습작을 청산해 보는 자기 정리의 의미가 있다. 대부분의 첫시집에는 그 시인만의 시적 장단점이 함께 나타난다.

최정희의 경우, 한국 현대시에서 갈수록 방기되는 서정성이 돋보이는 반면, 현실 문제를 다룰 때 산문적 직설성이 보인다. 그렇다고는 해도 앞에서 말한 열정이 시의 원행遠行을 담보할 수 있는지라, 책머리에 독후감의 일단을 피력함으로써 축의와 함께 정진의 당부를 겸하고자 한다.

이 『꽃이 보낸 편지』에는 현실을 다룬 시들이 여러 편 있기는 하지만, 내가 보기에 최정희의 시적 감수성은 '꽃'을 중심으로 하는 서정성에서 감지된다.

백낙천이 "시는 정情을 뿌리로 하고, 말言語을 싹으로 하며, 소리(음악성)를 꽃으로 하고, 의미를 열매로 한다."고 한 말에 따르면, 최정희는 일단 시의 뿌리를 든든히 내리고 있는 것이라 할 수 있다. 그렇다면 그 뿌리에서 돋아나온 시의 싹들은 어떨까.

내가 판별하기로 최정희의 감성 표출을 주도하고 있는 것은 의인화의 기법이다.

비바람 몰아쳐도
흑진주같은 자식들
하나라도 흘릴세라
치마폭에 감싸 안으며
길러내었구나.
　-「분꽃」에서

반쯤 벌어진 성긴 입술 사이로
여문 햇살이 알알이 들어와 재잘거린다.
　-「어느 해바라기의 가을」에서

올해도 농사를 지으려는지
못줄 탱탱 잡는다.
　-「담쟁이 모내기」에서

금천 위 옥천교에 시 짓는 개나리
벙긋벙긋 재잘재잘 따라 읊는다.
　-「창경궁 소묘」에서

위의 시편들에서는 '분꽃', '해바라기', '담쟁이', '개나
리'등의 식물들이 각기 자식들을 치마폭에 감싸 안고,
성긴 입술로 재잘거리고, 못줄을 탱탱히 잡고, 시를 따
라 읊는 모습으로 의인화되어 있다.

의인화는 인류 조상들이 자연에 부여했던 물활론物活
論의 유산으로서 시인이 그 직계의 전통을 이어 가고
있는 것이다. 일반적으로 동시에서 이 의인화의 물활성
이 다발하는 것은 아이들의 상상력이 신화적이기 때문
이다. 신화란 곧 의인화의 산실이다.

최정희의 의인화 시법의 특징은 그것이 은유로 이어
진다는 데 있다.

초가을 산기슭,
여름내 울던 매미
일순 고요하다

커다란 벌레로 보이는
저 감쪽같은 은유

갈라진 어미 몸에 웃음꽃 피우는
저 앙증맞은 아이 좀 보게!

꽃샘바람이 온몸 흔들어도
어미 날아갈까 꼭 붙들고
꽃물 올리더니

봄볕에 어미 손잡고 나와
황금술잔 올리네.
　　-「산수유」전문

　위의 예시는 앞에서 말한 동시적 은유성이 잘 나타난
경우다. 다만 현대시의 이미지의 복합성을 마련해선 최
정희도 단순한 은유성을 탈피하는 방향으로 시적 장치
를 심화시켜야 할 것이다.

　최정희의 은유적 의인법에서 필히 언급해야 될 사항
이 하나 있다. 그것은 바로 시적 품을 넓게 해 주는 해
학성이다. 적지 않은 예를 들어 보겠다.

산길 오르는데 한 남자가
무슨 꽃이에요, 하더니
손목까지 잡는다.

이런,
예방주사는 어릴 때 맞았는데!
　　-「예방주사」전문

"어머니, 수술하셔요."
"속 모르는 소리 마라. 나는 아직 여자다!"

덜렁거려도 그게 있어
당당하게 여자로 살아가신다는
어머니

꽃!
  -「울 어머니」에서

괘씸타 김선달 거꾸로 세우면
벌쓰면서도 물세는 꼬박꼬박 받아 챙긴다.
돈 들어가는 소리 콰르륵 콰르륵 잘도 들린다.

버들잎 한 잎 띄워 주던 동네 처녀 SOS!
  -「봉이 김선달」에서

쬐끄만 꽃으로 풀숲에 묻혀 살아도
오늘 하루도 당당히 남자로 산다며
불알 두 쪽을 척 내미는 거야, 글쎄.
  -「개불알풀」에서

울타리에 갇힌
분홍빛 처녀들
'우린 순결해'
치맛자락 걷어 올린다.
  -「시클라멘의 주장」에서

등껍질 일직선으로 똑 가른
내공의 힘이 이룬 해탈이다
  -「탈고」에서

  최정희는 이 시에서 "첫시집 내는 시인 / 껍질 뚫고
솟아오른다"고 자신의 내공을 암시하기도 했지만, 매
미의 허물을 두고 "저 감쪽같은 은유"라고 표현한 것
은 참으로 빼어난 일행一行이다. 이 한 구절만으로도 최
정희는 시인일 수 있다는 생각이다. 그렇다면 이 시집
에서 보이는 의인화의 은유들은 어떻게 펼쳐질까.

  파도 소리에 맞춰
  휘휘
  소나무 옹이가 피리다.
   -「상처」에서

  평생 간 맞추며 살아오신 어머니
  잘 삭은 된장이다.
   -「된장」에서

  햇빛 눈부신 날 길을 가는데
  톡!
  누군가 우주 여는 소릴 내는 거야, 글쎄.

  가만가만 다가가 들여다보자
  지름1cm 보랏빛 소우주가
  쌍안경을 확 끌어당기는 거야, 글쎄.
   -「개불알풀」에서

쩍 벌어진 자궁에
알갱이 빼곡하다.
　-「석류」에서

바람이 얼굴에 구멍 뚫어도
씨앗 꼭 안고 지팡이 짚고 선 스님
　-「겨울 연밥」에서

잘 여문 자식들 거느린 모습
보기 좋다
다산多産의 여인이여!
　-「분꽃」에서

하늘에 뜬 초승달
어머니의 흰 허리
　-「초승달」에서

　의인화의 은유성이 이 시집의 본령이기에 인용이 길었다 싶지만, 실은 여기 예거하지 못한 시들이 더 많다. 위의 예에서만 보더라도 최정희에게 있어 '소나무 옹이'는 '피리', '된장'은 '어머니', '개불알풀'은 '소우주', '석류'는 '자궁', '겨울 연밥'은 '스님', '분꽃'은 '다산의 여인', '초승달'은 '어머니의 흰 허리'가 된다.
　특히 "지름 1cm의 보랏빛 소우주"인 '개불알풀'을 들여다보는 "쌍안경을 확 끌어당기는 거야, 글쎄"라는 구절에서 '두 눈'을 '쌍안경'으로 은유화 하고, 천체를 관찰하는 양 표현한 것은 동시적인 과장법이긴 해도 은유의 시적 효용성이 극대화된 진미를 맛보게 된다.

위의 예시들을 읽으면 잔잔한 미소를 머금게 된다. 웃음을 선사하는 시쓰기는 생각만큼 쉽지 않다. 더구나 시적 품위도 유지하면서 해학성을 거느리기는 더욱 어렵다. 모두 의인화와 은유의 힘이다. 시를 한 마디로 은유라고 하는 소이연을 재확인할 수 있다.

이와같은 유머 감각은 인성의 여유스러움에서 발원된다. 세상이 험난할수록 유머는 빛을 발한다. 순수한 심성, 맑은 시상, 따뜻한 가슴은 무릇 시인된 감성의 본질이다. 거기서 무공해의 청순한 노래가 잣아지는 것이다.

연초록 처녀막이
퐁
퐁
부풉니다.

그대
첫 입맞춤에
뽀두두
노래가 될

그 꿈 꾸는 밤엔
이슬도 달큼합니다.
　-「꽈리의 꿈」전문

사랑스런 서정시다. "연초록 처녀막이/퐁/퐁/부풉니다."라는 첫연은 육감적 참신성이 단연 돋보인다.

16

'꽈리'가 시적화자이지만, 우리는 해맑은 처녀를 연상
하게 된다.

  근래의 한국시는 이론의 제물이 되고 있다. 의미의
과도한 굴절에 시상의 난해한 왜곡이 개성의 표방으로
논급된다. 그러나 연구용 시들은 시의 문중에서 가출한
족속들이라고 생각한다. 우선 서정을 되살려야 한다.
나는 개인적으로 최정희가 이와같은 서정의 부활에 주
력했으면 하는 기대감을 갖는다.

  마지막으로 유의할 사항이 하나 남아 있다. 최정희
시인은 「풀씨」라는 시의 마지막 행련을 "툭/점으로 시
작된 생명/어느덧 그 속에/ 세상이 안겼다."고 노래한
다. 한 알의 풀씨에서 앞날의 세상을 보는 것이다. 견
자見者의 시다. 그렇다면 최정희의 시인으로서의 세상
보기는 어떨까.

  스님은 지금
  향기로 우주를 가늠하는 중이다.
   -「겨울연밥」에서

  넉넉하면 조금 높게
  부족하면 조금 낮게
  분수 지켜 제자리에 선
  바위와 바위취.
   -「바위취」에서

  '아무리 가난하여도
  딱 이만큼씩만 채우라

늘 풍족하여도
딱 이만큼씩은 비우라’
　-「초승달」에서

저토록 가시에 박히고도
주변을 환하게 하다니!
　-「선인장」에서

　앞의 ‘풀씨’에서 내일의 ‘세상’을 보았듯, 최정희는
‘스님’으로 의인화된 ‘겨울 연밥’이 ‘향기로 우주를 가
늠’한다고 노래한다. 감성의 상상력에는 경계가 없다.
시인은 “한 알의 모래에서 우주의 신비를 보는” 존재다.
그 무한의 신비성을 시인은 이미지로 응축시킨다.

　그러나 한 인간 존재로서 생명을 유지해가는, 환언하
자면 가정과 사회의 구성원이자 생활인으로서 삶을 영
위함에 있어 현실은 생존경쟁의 현장이다. 생존경쟁은
약육강식이 불문율이다. 약육강식의 원천은 탐욕이다.
탐욕을 멀리해야 인간다운 삶을 살 수 있다.

　최정희 시인은 먼저 자기 분수를 지키고, “아무리 가
난하여도/ 딱 이만큼씩만 채우라/ 늘 풍족하여도 딱 이
만큼씩은 비우라”고 한다. 안분安分의 철학이다. 「선인
장」을 통해서는 자신은 마음에 가시투성이의 아픔을
지녔더라도, 세상을 환하게 할 수 있는 존재가 되라고
권한다.

이와같은 주제의식은 서정시가 내보이기 힘든 지혜의 소산이다.

시는 느낀 다음에 무언가 생각을 하게 하 줘야 한다. 그래야 감상과 결실이 생긴다. 느낌만의 시, 사고만 있는 시는 편식 문학이다. 감성적 사고로 문학의 지평을 넓혀야 한다. 최정희에게서는 그러한 조화의 여지가 적지 않은 가능성을 보여 준다.

최정희는 이제 이『꽃이 보낸 편지』으로서 시의 먼 길을 떠난다. 첫 시집은 그 시인의 운명이다.

첫 시집에는 꽃씨처럼 장차 피워낼 꽃들의 색깔과 향기가 내재돼 있다. 한 마디로 자신의 시세계를 어떻게 작품으로 승화시켜 나아가는지가 성패의 관건이다. 최정희의 경우, 그것이 '서정성' 임을 나는 여러 차례 강조했다. 은유니 의인이니, 해학이니 주제의식이니 하는 것들이 시의 ABC일 망정, 기본의 충실함 없는 좋은 시는 없다는 뜻에서 '서정' 의 중요성을 재강즈해 본 것이다.

정진의 대성이 이뤄지기를 바란다.

차례

2부

울 어머니

담벼락에 딱 붙은
담쟁이 좀 보아!

붙박이 삶 가을걷이에
쭉정이 몇 알 달랑 남아도

올해도 농사를 지으려는지
못줄 탱탱 잡는다.

담쟁이 모내기_전문

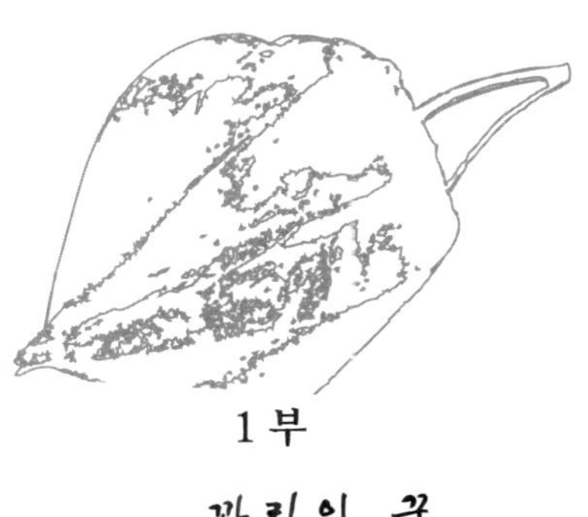

1부

꽈리의 꿈

꽈리의 꿈

연초록 처녀막이
퐁
퐁
부풉니다.

그대
첫 입맞춤에
뽀두두
노래가 될

그 꿈 꾸는 밤엔
이슬도 달큼합니다.

들꽃

이름 모를 들꽃 들여다보면
센바람에 꺾인 일도 어느새 잊고
흔들리며 일어나 미소 짓는다.

무심한 발 구정물에 짓눌리고 젖어도
별 바람 달 벗하며 밤새 깨끗해져
새 얼굴로 아침을 맞는 들꽃,

나무 그늘에도 옹기종기
세상 탐내지 않는 눈높이에
어느새 무릎 절로 낮아진다.

오월 담쟁이

숲 속 참나무 등걸
한 발 한 발 타오르는 소녀들,
발걸음 더디지만
되돌아오진 않으리라
발자국 흡착판처럼 견고하다.

언제 닿을지 모를 하늘 길
가녀린 몸으로 다져가도
가을쯤엔 예쁜 그림 되겠다,
응원하는 눈빛으로 들여다보자
초록별 든 소녀들 우르르 몰려와
－가을엔 꼭 붉은 별을 달 거예요－
오월 숲 속이 분주하다.

참나무 길, 소녀들
꾹꾹 눌러 찍은
풋풋한 발자국을 보아!

바위취

넉넉하면 조금 높게
부족하면 조금 낮게
분수 지켜 제자리에 선
바위와 바위취.

작달비에 온몸 휘거든
고개 꼿꼿이 들지 말라고,
꽃필 적 찬란했던 몸일지라도
때로는 기댈 때도 있는 거라고,

여름 오후
빗소리가 알려줍니다.

풀씨

툭
툭 풀씨

점으로 날려
선을 긋는다.

팔 벌려
줄줄이 열리는 세계
수직으로
생명의 줄기를 내리자

하늘 향한
이슬에 꿈을 담고

툭
점으로 시작된 생명

어느 덧 그 속에
세상이 안겼다.

연밭에서

진흙에서도 고운 꽃 피운다기에
그 모습 보고싶어 연밭에 갔더니
마중 나온 당신 얼굴 금빛으로 환합니다.

허락 없이 들여다보는 이 무법자에게도
항상 웃는 얼굴로 보시하는 당신을 보니
내 안의 흙탕물도 석간수 됩니다.

어느 해바라기의 가을

가슴 한복판에 그림을 그려본다.
돋을볕 담아다가 따뜻하게 채색하고
여름 뙤약볕에 땀 흘려 빚은 보석
날밤 새우며 아침을 기다린다.

먼동 트는 부산함에
이슬 젖은 눈 털어내기 바쁜데
가을 하늘 짙푸른 웃음 짓에
비탈에 선 꽃은 눈이 시리다.

반쯤 벌어진 성긴 입술 사이로
여문 햇살이 알알이 들어와 재잘거린다.

초록이 점점 엷어지는 얼굴에
호박색 가을이 살그머니 들어와 꽃방석을 펴자
어디선가 참새 떼 우르르 몰려온다.

꽃방석에 옹기종기 모여 앉아
익었다 덜 익었다 흔들어대며

제 입맛 따라 콕콕 쪼아댄다.
태양은 언제나 원대한 모습으로
고루高樓에 앉아 첫 자리 지키는데
해 바라는 마음은 깨금발로 하늘을 맴돈다.

아린 눈 들어 하늘을 보니
한줄기 구름이 햇살 사이로 빗금을 긋고 간다.

꽃밥

꽃밭에 앉으면
빨강 노랑 하양
요 예쁜 꽃!
태어나게 해줘서 고마워요
예쁘게 보아주니 고마워요
누구에게나 차별 않고
예쁜 꽃밥 차려낸다.

빈손으로 온 우리
함부로 건들지 말자
함부로 가져가지 말자
또 누군가에게 차려 줄
예쁜 꽃밥 쏟아질라!

꽃마리

어린 시절 시골 풀숲에
이름 모를 풀로 도란도란
해맑고 즐겁던 동무들,

오늘
도회지 담벼락 아래
쪼그리고 앉았다.
작은 귀 작은 키 바짝 세우고
고개를 갸우뚱하는 동무들

작은 달팽이관에
이 세상 온통
혼돈의 소리
큰 소리.

분꽃

돌 틈에 시집 온 씨앗 한 톨
거친 땅 진 땅 가리지 않고
기세 좋게 가질 쭉쭉 뻗더니
진홍빛 꽃잔마다 넘치는 향기
온 동네에 퍼진다.

비바람 몰아쳐도
흑진주 같은 자식들
하나라도 흘릴세라
치마폭에 감싸 안으며
길러내었구나.

잘 여문 자식들 거느린 모습
보기 좋다
다산多産의 여인이여!

풍접초

시집가는 날
꽃방석에 앉은 나비
날개옷 화사하다

비야 오지 마라
바람아 불지 마라
행여 날개 찢길라

오로지 너에겐
함초롬한 이슬만
따스한 햇볕만.

채송화

토담 가에 나란히
작은 얼굴들
활짝 열린 눈 속으로
쏘옥 들어온다.

노랑 꽃가루 콧등에 묻히면
사십 여년 긴 풍상에도
서정의 꽃으로 도란도란

꽃잎에 살며시 미소 지으면
아련히 피어나는
색동 동무들.

겨울 연밥

바람이 얼굴에 구멍 뚫어도
씨앗 꼭 안고 지팡이 짚고 선 스님
옹골진 꽃 한 송이 피우리라
진흙 딛고 선 다리 꼿꼿하다.

어떻게 겨울을 나게 할까
어떻게 싹을 틔우게 할까
새의 부리 유인하며
진흙의 깊이 재며
스님은 지금
향기로 우주를 가늠하는 중이다.

석류

쩍 벌어진 자궁에
알갱이 빼곡하다.

어디서 날아들었는지
바람새들 모여앉아
에스트로겐 쪼아댄다.

훠이 훠이
아직은 아니야
조금만 더
조금만 더
여물게 두렴

아직은
네 몫이 아니란다, 새야!

개불알풀

햇빛 눈부신 날 길을 가는데
톡!
누군가 우주 여는 소릴 내는 거야, 글쎄.

가만가만 다가가 들여다보자
지름 1cm 보랏빛 소우주가
쌍안경을 확 끌어당기는 거야, 글쎄.

넌 아무리 예뻐도
큰 꽃의 들러리다 했더니

쬐끄만 꽃으로 풀숲에 묻혀 살아도
오늘 하루도 당당히 남자로 산다며
불알 두 쪽을 척 내미는 거야, 글쎄.

서양민들레

낯선 땅에서 금 꿈꾸는 꽃
아무리 수가 많아도
너는 토종민들레의 들러리.

해마다 금의환향 꿈꾸며
여기서도 동동
저기서도 동동
햇볕에 부풀다가
바람에 흩뿌려지다가,

다시
봄이다,
어디에 뿌리내려도
이 땅에 핀 꽃이라고 활짝 웃는 들레야,

기특하다 예쁘다 들여다보는데
금 꿈꾸던 들레 그만
검은 봉지에 덮혀 간다.

어느 목에 약이 될까
어느 밥상에 나물이 될까
천진한 아기 들레는
발아래서 또 펑펑 웃는데.

시클라멘의 주장

울타리에 갇힌
분홍빛 처녀들
'우린 순결해'
치맛자락 걷어 올린다.

처녀들의 배에 박힌 못
그녀들을 겨누고 있다.

꽃은 생명의 꼭지가 떼이고도

오월의 신부 금낭화가 피었어요.
누군가 금낭화를 초록이불 위에 놓고 물을 뿌리자
풍선처럼 탱탱하게 부풀어요.
일회성 물방울과 물 머금은 금낭화가
초록이불 위를 뒹굴다가 절정 후 곤두박질쳐요.
거기서 끝난 줄 알았어요.

어느 날
상자 속에서 그들을 다시 보았어요.
금낭화 붉은 살점이 물방울과 놀고 있어요.
물방울 당겨 잠시 싱싱했던 꽃의 욕망이
대가를 톡톡히 치르고 있어요.
꽃은 생명의 꼭지가 떼이고도
물을 당기는 천성이 있다는 것을
온몸으로 보여주고 있어요.

바늘꽃

학의천 돌 틈 사이
바늘꽃 피어서
귀하다 곱다
애지중지 덮어 주었네.

가을 되어 가보니
그새 날 꿰매려고
바늘에 실을 꿰네.

꽃샘바람 불면

나는
총총
옷깃 여미고

봄은
언 손 녹이라고
개나리 생강나무에
토톡 토톡
불을 지핀다.

담쟁이 모내기

담벼락에 딱 붙은
담쟁이 좀 보아!

붙박이 삶 가을걷이에
쭉정이 몇 알 달랑 남아도

올해도 농사를 지으려는지
못줄 탱탱 잡는다.

빅토리아아마조니카

초저녁 연밭
달을 대로 달은 몸으로
확!
불 향기 뿜어내는 빅토리아아마조니카,
딱정벌레 한 마리
하룻밤 사랑인 줄 모르고 갇혀
밤새도록 온몸 핥아댄다.

온갖 물고기 툭툭 살점 건드려보고
물뱀마저 쭉쭉 몸 찢어도
커다란 잎으로부터 희생을 배운 터라
진흙에서도 자식은 건져 올리려고
두 번 다시 찾지 않을 딱정벌레에게
부처님 웃음 풀며 몸 보시한다.
딱 이틀 밤 피고 질
밤의 여인이.

괭이밥 가족

마른 수국 옆에 둥지 튼 괭이밥,
고급 아파트 속에서 이 땅도 어디냐고
언제 뽑힐지 모를 작은 몸으로
낮에는 몸 낮춰 줄기 벋고
밤에는 날개 접어 기 모아
한 뼘 한 뼘 사랑을 수놓으니,
어느새 화분엔
아이들 웃음소리 가득하다.

그 모습 보기 좋아
마른 수국 뽑아내고 물을 주니
단물에 목 축이는 괭이밥 가족.

기린초야!

지금은 눈 덮인 땅이다
기린초야,

여름내 쌓인 정에
차마 떠나지 못하고
참나무 그루터기에 의지한 채
두 발 단단히 묻고
오는 봄 기다리고 있구나.
텅 빈 꽃밭에서 떨고 있는
네가 눈에 밟힌다.

봄 되어
가지 위에 꽃 다시 피우면
나비 되어 꼭 찾아가리라, 가서
겨우내 키워 온 너의 사랑이야기를 들으리라.

선인장

살짝만 건드려도 살점 뚝뚝 떨어뜨려
맨몸으로 땅을 구르는 그녀,
발아하는 것보다는
몸으로 세상 밀어붙이는 게 더 쉽다고
서슴없이 알몸을 모래에 박는다.

뙤약볕 아래에선 눈물도 조금만 취하자고
몸에 바늘 찔러가며 살아남은 그녀,
물오를수록 바늘 더 꼿꼿이 세우더니
급기야 꽃망울 활짝 피운다.

저토록 가시에 박히고도
주변을 환하게 하다니!

강가 억새밭엔 그가 살지요

강가 억새밭엔 그가 살지요
강가 억새밭엔 그가 살지요
해가 갈수록 그의 땅도 넓어져
억새꽃 하얗게 이는 달밤이면
강 언덕에서 휘휘 휘파람 소리가 나지요.

강가 억새밭엔 그가 살지요
강가 억새밭엔 그가 살지요
징검다리에 홀로 앉아 사랑노래 부르면
휘파람 소리도 더 커져
강가 억새밭에선 꺼억꺼억 그가 울지요.

오늘도
내일도
그렇게
그렇게
강가 억새밭엔 그가 살지요
강가 억새밭엔 그가 살지요.

시클라멘은 죽었다, 아니 살아 있다

시클라멘이 죽었다.
흙으로 덮었다.

찬바람에 지는 꽃 따라
마음도 해넘이 할 무렵
방치된 시클라멘이
다시 얼굴을 내민다.

힘차게 환생을 알리는
어머니의 몸짓!
나 아직 죽지 않았다!
함부로 버리지 마라!

산수유

갈라진 어미 몸에 웃음꽃 피우는
저 앙증맞은 아이 좀 보게!

꽃샘바람이 온몸 흔들어도
어미 날아갈까 꼭 붙들고
꽃물 올리더니

봄볕에 어미 손잡고 나와
황금술잔 올리네.

명자나무꽃

꽃봉오리 톡톡 트는 사월
꽃밭 온통 황홀경이어도
딸 부잣집 어머니는
울타리로만 활활 탔다.

만날 꽃만 피우고
씨알은 드문드문 맺는다고
아버지께 퉁박 맞기 일쑤여도
명자나무꽃 부푸는 사월에
기어이 날 낳으신 어머니.

봄만 되면 눈치 없이
툭툭 잘도 터지는 명자나무꽃
화려하다 예쁘다 모두 좋아해도
내 눈엔 눈두덩이 퉁퉁 부푼 엄마꽃,

그래도 꽃밭에 들면
엄마꽃 제일 먼저 마중 나오더니
지금 엄마꽃은 겨울이다
쪼글쪼글한 몸 눈밭에 차다.

부레옥잠

주변 세상 구정물도 정화해가며
다산 다복 산다기에 들여온 부레옥잠
이런 파도 저런 바람 몰아쳐
부은 다리, 허리 끊어질 듯해도
애들만은 통통히 잘도 낳았다.

조심스레 물에 넣어주다가 그만
가녀린 뼈 삐끗했지만 언제 그랬냐는 듯
발헤엄 중심 잡고 어엿해진 그녀
이리저리 물 위로 싱긋 얼굴 내민다.

밤새 식구 늘었는지 오글오글 자배기는
구 남매 웃음소리 가득했던 어릴 적 우리 방
수건 쓰신 어머니 모습 눈에 어린다.

참나리

품에 안긴 자식들
엄마가 제일 예뻐
꼭 붙어 허리를 재고,

치맛자락 바짝 걷어붙여
종아리 축축하게 젖어도
행여나 자식 비에 젖을까
기꺼이 우산 되는 어머니,

비에 젖은 몸 불덩이 같아도
언제 그랬냐는 듯
아침이면 이내 환하게 웃는다.

춘정

물결 살랑이자
실버들 냇물에 머릴 감다가
물오른 몸 간들간들
봄바람 유혹한다.

두근두근 이 마음
너도 몰라
나도 몰라
바람과 실버들
봄볕 아래 물수제비뜨고 노닌다.

박태기나무꽃

꽃샘바람 헤치며
평생 지은 꽃신인가
어머니 걸어온 세월만큼
하늘 길에 빼곡하다.

마른 가지 울리는
생명의 고동에
고단한 날개 잠시 쉬나 싶더니
덥석 꽃신 신고
꽃길을 여네.

곱디고운 저 꽃신
나비 되어
훨 훨
날아가면 어쩌나!

종달이풀

종달이풀 입만 벙긋벙긋
봄노래 수화하네.

반가운 마음에
야~호
외치자
쪼옹 내밀던 종달이 얼굴
그만 퍼렇게 겁을 먹네.

산속에서는
보는 것이 곧 듣는 것,
몸 낮추고 머리 숙여 낮은 곳을 보면
종달이의 청아한 노래도 들을 수 있다고

종달이풀 바위틈에 앉아
봄노래 수화하네.

조롱박 넝쿨

줄을 타오르는 조롱박 넝쿨
창공 향해 힘껏 혀를 벋는다.

이리저리 빛을 견인하던 혀가
빛의 가장 밝은 부분을 발라
다음 길을 향한 필사적인 도약

무를 갈라 유를 창조하는
우주를 향한 저 몸짓!

팽팽한 현의 울림.

억새꽃 언덕

억새밭 가노라면
어머니를 만나네.

윤기 흐르던 머릿결 다 어디 가고
바람 따라 이리저리 흔들리다
한 줌 되어 바스스 부서지네.

몇 올 안 되는 머리칼
가만히 쓸어 넘기면
내 눈엔 방울방울 이슬 맺히네.
내 눈엔 방울방울 이슬 맺히네.

가을 단풍

벌겋게 달은 몸으로
물거울을 유혹하네.

햇빛 등지면 더 빨개지는 몸을
자꾸만 흔들어대네.

산 가슴 벌겋게 물들이고도
정염을 주체 못해
강물에 투신까지 하네.

초록인 걸 잊어버리고
도대체 어찌하려고
강물따라 이리저리 흘러가네.
그대로 영영 잠들어도 좋다 하네.

도깨비바늘꽃

작고 못생겼어도 꽃은 꽃이라서
씨앗 맺으려면 남다른 무기가 필요해!
한 번 잡으면 좀처럼 놓지 않는 손으로
허공에 V자를 그리며 가을 나빌 유혹한다.

철모르는 나비 한 마리
슬금슬금 다가오다가 딱 걸렸다.

'기회는 이 때다, 나는 내 방식대로 산다!'
나비 날개에 딱 붙어
힘차게 도움닫기 하는 도깨비바늘꽃
사방에 씨앗 흩뿌려 심는다.

지금도 붓꽃 무리지어 피면

오월이면 어머니는
붓을 가득 안고 오십니다.

아이는 보라색 물감 묻혀
어머니 옥색 치마에
그림을 그려갑니다.

풀죽을 먹어도
아이만은 도회지로 유학시키겠다던
어머니의 꿈이
보라빛 물결로 출렁입니다.

물결 바라보는 내 눈동자에도
보라빛 강물이 흘러

그 강물 따라 오늘은
지구 끝까지
흘러 가고 싶습니다.

배꽃 핀 춘당지에서

하얀 배꽃 앞에만 서면
홑적삼 늘 축축하시던
어머니 생각난다.

휘늘어진 능수버들
연못에 적실 때마다
아홉 자식 거느리며 보릿고개 넘으시던
어머니 생각에
눈동자엔 파르르 물결이 일고,
그 물결 따라
보리밭 물결 일렁인다.

풍요로운 도시를 배회하는
허기진 발걸음
어느새 알아차리셨을까
옥양목 치마에 쌀밥 듬뿍 싸안고
버선 걸음으로 마중 나오시는 어머니
막 떨어진 배꽃 꼭지가 아직 붉다.

"속 모르는 소리 하지 마라"
나는 아직 여자다!"
덜렁거려도 그게 있어
당당하게 여자로 살아가신다는
어머니

꽃.

울 어머니_전문

2부

울 어머니

물빛 그리움

나보다 더 서러워
하늘 된 그대여!

하늘보다 더 파란
수국 한 다발
그대 품에 띄웁니다.

꽃잎 따라 퐁퐁
하늘에 번져가는
내 원시의 감성들.

소주 한 잔 하는 날, 달아!

달, 달, 밝은 달아! 어둠 밝히러 길 떠나는 달아!
달 보는 사람도 없는 밤을
슬그머니 지나가는 달아!

주말부부 그이는 사랑할 겨를도 없다던데 지금은 곤한
잠에 들었더냐? 유학 간 아이는 외롭다던데 지금은 마
음 잘 붙이고 있더냐? 포장마차에 앉은 아빠들은 집에
가도 반겨줄 부인도 없다던데 아직 포장마차에 있더
냐? 독서실, 학원에 간 아이들은 종일 공부하고도 머
리는 아프지 않더냐? 백화점 주차관리 하는 학생은 갖
고 싶어 하던 엠피쓰리는 샀더냐? 노래방 도우미 엄
마들은 지금은 집에서 아이들과 웃고 있더냐? 아이엠
에프 때 명예 퇴직한 친구 남편은 아직도 남의 사무실
기웃거리고 있더냐?

달, 달, 밝은 달아!
홀로 너를 보는 이 밤
소주 맛이 쓰다.

상처

깎아지른 바위틈에
바다 향한 소나무,
얼마나 오래도록
그렇게 서 있었을까
온통 옹이 투성이다.

소나무 맨발로 다가가
바다~하고 부르면
살금살금 다가와
철퍼덕 입맞춤하는 파도,
다가설 때마다 내는
상처가 안쓰러운지
이내 씻어주고 불어준다.
그럴 때마다
옹이에도 새 살이 돋는다면
얼마나 좋을까.

파도소리에 맞춰
휘휘
소나무 옹이가 피리다.

장롱

새색시 부푼 꿈을 담았을
아직 쓸 만한 장롱
아파트 공터에 버려졌다.

빠지직 문을 열자
신혼의 달콤한 속삭임
부부싸움 하는 소리
아이들 웃음소리
산산이 흩어진다.
이루는 시간 오래였던 것들
해체되는 것은 순간이다.

아름다운 사랑 조각나 실려 가는데
장롱 주인은
어떤 장롱에 무엇을 담고 있을까.

낙태

당신 뒤웅박에 든 나
우주로 벋어갈 움 틔우고
당신이 열어준 싱그러운 꽃길에 앉아
당신 닮은 꽃가지 키우고 있었지요.

당신 정원에 희망의 풀씨로 앉았지만
하나,
둘,
셋,
이제 당신 눈에서 서서히 사라지고 있어요.
당신 지금부터는 아무 것도 모르나요?
나와 함께 한 모든 기억은 꿈이었나요?
아!
청천벽력에 찢긴 나
당신 잡았던 끈 놓고 있는데
아직도 의식이 없나요?
눈 좀 떠 보세요!
당신과 나 사이에 방금 무슨 일이 있었나요!

빨간 팬티

첫 월급 받는 날은 엄마 빨간 팬티 사오는 거다, 하는 아빠 말씀에 백화점에 간 딸, 빨간 팬티 빨간 팬티 외며 생글생글 걷는다. 뒤따라가는 엄마는 속으로 아이야 제발 비싼 곳으로만 가지 마라 맘 졸이고, 울긋불긋 유명상표 가게 앞만 뱅뱅 돌던 딸, 못 찾겠다, 빨간 팬티~. 엄마 이럴 때 비싼 속옷 하나 선물 받으세요. 얘는, 손바닥만 한 천 조각 하나에 칠만 원? 나 그거 못 입는다, 속옷은 면이 최고야, 자꾸 s 속옷 가게로 딸 손 잡아끄는 엄마 손에 얼른 면 팬티 권하는 고마운 아주머니 점원. 비싼 게 옷값 한대요, 싼 게 비지떡이라잖아요. 혼자 왔으면 십만 원짜리 브래지어 팬티 샀을 거예요, 다른 엄마들은 비싼 속옷 더 좋아하고 잘 사 입던데요. 집에 도착할 때까지 엄마를 이해 못 하겠다는 듯 눈 흘기는 저것 봐라 내 새끼! 백화점 마크 찍힌 쇼핑백 쥔 엄마의 손에서 솟는 이 힘이 어떤지 너는 아느냐?

사라진 밥상

꽁보리밥이라도 한 술 더 먹겠다고 눈 빠지게 기다리다가
양은그릇 박박 긁어대던 어릴 적 동무들을 닮은
까만 아이들이 신문에 앉아 파리에 뜯기고 있다.

지금쯤 께복젱이 동무들은
커다란 식탁에 가족과 함께 오순도순 아침을 먹을까?
아니면
나처럼 자식 입으로 들어가는 밥알의 숫자를 셀까?
아니면
화려한 호텔 식당에서 우아하게 바다가젤 바를까?

신문에 앉은 저 동무들
부르고 싶다
출근하는 딸 홀로 밥알 세는
텅 빈 아침 밥상으로.

엿

철거덕 가위 소릴 내면
냉장고 속에서 깨어날까?

재작년 친구가 주고 간 후
해를 넘기고 또 한 해 지나도
잠에서 깨어날 줄 모르는

동구 밖 엿치기하던 아이
검정 고무신 어디 있나 마루 밑 뒤지던 아이
놋그릇 꺼내가려고 살강에 기어오르던 아이
잘라둔 누나 머리채 몰래 감고 달리던 아이

철거덕 가위 소릴 내면
냉장고 속에서 깨어날까?

황토현 전적지에서

금빛 들판에
참새 떼 우르르 모여들자
황토현 전적지 에워싼 소나무 숲
훠이 훠이 일렁인다.

벼 내놓으라는 참새 소리에
벽 속의 횃불 든 농민들
금방이라고 튀어나와
벌판에 불을 붙일 것 같다.

들리시나요,
수백 년 지켜온
저들의 함성이,
투쟁은 아직도 끝나지 않았다는.

범계사거리의 할머니

범계사거리에 신문지 깔고 앉은 할머니
거리 정화요원이 등 밀쳐내도
꼿꼿한 허리로 하루를 버티고,

읽을 줄은 몰라도
들을 줄은 안다는 듯
붉게 박힌 F. T. A. 글자 위에서
퉤퉤 침 발라가며
하루 매상 셈하여
속바지 주머니에 오지게 넣는다.

할머니가 종일 외쳤을
'우리 밭에서 직접 재배 했소' 라는 말
여운으로 길게 남는 귀갓길.

봉이 김선달

봉이 김선달 부엌에 앉아
일주일에 오천 원씩 꼬박꼬박 물세를 받는다.
컵만 들이대면 대동강에 돈 들어가는 소리
콰르륵 콰르륵

알량한 물 한 컵 받아 들고
언제까지 이걸 먹어야 하나 궁리해도
이미 길든 목구멍으로 콜콜
대동강 물 잘도 넘어간다.
그 기분 딱 돈 먹는 기분이다
가만히 앉아서 전화로 김 선달~ 하고 부르면
대동강 가에 사놓은 퓨리스, 제주 삼다수, 에비앙석수,
풀무원생수, 스파클 들고
봉이 김 선달 득달같이 달려온다.
괘씸타 김 선달 거꾸로 세우면
벌쓰면서도 물세는 꼬박꼬박 받아 챙긴다.
돈 들어가는 소리 콰르륵 콰르륵 잘도 들린다.

버들잎 한 잎 띄워 주던 동네 처녀 SOS!

속옷

"방망이로 팍팍 두드려서 땡볕에 말리면
하얀 것이 참말로 보기 좋았어야"
쓰레기통에서 멀쩡한 팬티를 발견하고
혀를 쯧쯧 차시는 어머니,
아까워서 입어보려 해도
도대체 밑구멍이 제비초리 같단다.

어머니 속 타는 마음이야
전쟁 통에 입을 것 먹을 것 궁하던 시절로 달려가고,
당신 입성까지 책임져야 하는 지천명 아들의 등뼈 눈에
선하여 아들 와이셔츠도 마름질하여 입으시는 어머니.

요즘은 새 옷도 맘에 안 들면 버리기도 하고
속옷은 누구 주기도 그러니 눈감아 주고
이제 장롱에 쌓아둔 새 옷도 입으시라고 설득하면

쯧쯧, 아까워서 어쩔거나,라는 말씀
뚜뚜— 신호음이 대신한다.

나란히

신작로 코스모스도
개울가에 때 벗기던 우리도
가위바위보 하던 아카시아 잎도
아카시아길 걸어가던 동무들도
땅 따먹기 하던 미루나무 그늘도

세종로에 자동차도
관악산에 등산객도
광화문에 데모대도
데모대 막는 군경도
야당도
여당도

예나
지금이나
모두 끼리끼리
나란히
나란히.

숯

풋장이 숯등걸은 되지 않으리.
곱돌길에 앉아 호흡을 가다듬고
천칠백도 열병에
벌떡 돌아누우면
보리수 아래 부처님이 해탈하고
십자가의 예수님이 부활한다.

뽀얀 분신 덮어쓰고
안으로 안으로만 삭인 몸
켜켜이 바람이 들어
균열진 세월
견뎌야 하리.

명지바람 부는 날
뼛속까지 태우고
순백으로 피어날 그 날을 위해.

진천 농다리를 건너며

굴티마을 세금천에 지네 한 마리
천년정 오르려 목욕재계 하고 있다
저 배 씻음을 보라!

수
~
　십
　~
　번,
　~
　　수
　　~
　　백
　　~
　　번,
　　~
　　수
　　~
　　　천
　　　~
　　　번,

물줄기가 등뼈 사정없이 뚫어도
내 갈 길은 이 길이다!
지네는 강바닥에 쫘악 포복하고 있다.

명태

    북어 한 마리 앞에 놓고 명태 시를 쓰다가 텔레비전을 켠다. 겨우내 눈, 바람, 햇빛 발라 시를 지었을 명태들 시화전이 한창이다.

    얼지 않은 생태, 바짝 마른 북어, 반쯤 마른 코다리, 언동태, 고온 건조된 흑태, 알 낳고 잡힌 꺽태, 산란기에 잡혀 마른 황태, 명태 새끼 노가리, 큰 명태 왜태, 어린 명태 아기태, 봄에 잡힌 춘태, 끝물에 잡힌 막물태, 음력 4월에 잡힌 사태, 가을에 잡힌 추태, 오월에 잡힌 오태, 마른 건태, 갓 잡힌 선태, 얼며 마른 최고품 북흥어, 배 갈려 마른 짝태, 소금 절여진 간명태, 낚시에 잡힌 낚시태, 주낙으로 잡힌 조태, 원양어선에 잡힌 원양태, 근해에서 잡힌 지방태, 간성에서 잡힌 간태, 강원도에서 잡힌 강태, 유자망에 잡힌 그물태,

    어느 놈이 진국 낼까 이태 저태 뜯어보는데, 명태 하는 말, '어허! 남의 속 풀어주는 시 한 편 쓰려면 나처럼 겨우내 추위에 피도 말려 봐야지? 햇빛에 마르고 눈보라에 에이어도 오로지 시인의 꿈은 남의 가슴 속풀이 해주는 시

를 쓰는 것. 나 명태, 비록 죽어 말라비틀어졌어도, 불에
넣어도 물에 넣어도 꼿꼿한, 썩 괜찮은 놈이오.
그러니 당신의 시도 깡그리 말리시오.’
부릅뜬 명태 눈 보며 명태 詩 다시 고쳐 쓴다.

탈고

초가을 산기슭,
여름내 울던 매미
일순 고요하다.

커다란 벌레로 보이는
저 감쪽같은 은유
등껍질 일직선으로 똑 가른
내공의 힘이 이룬 해탈이다.

첫 시집 내는 시인
껍질 뚫고 솟아오른다.
매미의 산고^{産苦}
그녀도 견뎠을까는
흔적으로 본다.

국립박물관 반가사유상

지금은 최첨단 초고속 시대
한참 들여다보아야 보이는 곳에
아직도 해결되지 못한 일 가득한 듯
반가사유상 등불을 켠다.

몇 년을 더 이곳에 앉아 있어야할까
몇 년을 더 앉아 있어야
이 어둠에서 나갈 수 있을까

서울 중앙박물관에 가면
도심 어두운 곳 등불 되어
만나는 사람마다 아픔을 묻는
온화한 미소의 반가사유상이 있다.

창경궁 소요

거북등 솔 향에 취하여 걷노라니
춘당지 능수버들 물수제비뜨고
물오리 물살 가르는 한가로운 봄,

수강궁 주목 아래 선 어린이
고개 들어 작은 손 내밀어
오백 년 굴곡진 손 맞잡고 웃는다.

관천대에 올라 날씨를 재다 보니
하늘 이고 선 이끼 낀 기와 위에
은빛 비둘기들 삼삼오오 여유롭다

숭문당 영조 선정 논하는 음성
용마루 타고 종묘로 오르면
금천 위 옥천교에 시 짓는 개나리
벙긋벙긋 재잘재잘 따라 읊는다.

역사의 산 증인들 종묘에 모여들어
이끼 앉은 요람 만져보다가
세월 돌이켜 활짝 이국 여행객 맞이한다.

반야선원에서

지인 따라가 절한 후 가지 않았던 반야선원
사월 초파일이라고 들러 부처님께 절하는데
가족 이름 빠짐없이 외는 청운 스님의 독경소리에
처마 끝 풍경소리도 감복하여 나무아미타불!

내가
인연을 뒤로하고
잠잘 때도
아플 때도
깨어나라
일어나라
나무아미타불!

하루도 변함없었을 저 기구祈求,
그동안 혼자 살아온 게 아니었구나!

초승달

하늘에 뜬 초승달
어머니의 휜 허리.

하늘에
정화수 떠 놓고

'아무리 가난하여도
딱 이 만큼씩만 채우라
늘 풍족하여도
딱 이 만큼씩은 비우라'

억만년 지나도 변치 않을
저 달 같은 말씀.

낯선 밥

날마다 나는 밥을 지어요.
날마다 공중에 밥을 지어요.
아무나 공중에서 밥을 지을 순 없어도
누구나 공중에서 밥을 지으려고 해요.
새들만 먹을 수 있는
밥!

아! 날개를 달아야 해요.
날개도 없이
공중에 튀어 올라 밥을 지으려 해요.
새들의 밥맛이 어떤지
새가 날아가면서 이야기했어요.
하늘엔 낯선 새가 지은 낯선 밥이 많대요.
새들은 이상하죠?
낯선 밥이 감칠맛 있게 다가온다니 말이에요.

오늘도 공중에서 밥을 지어요.
새들의 입맛에 맞을지 몰라요.
자, 오늘 지은 밥이에요.
맛 좀 봐주실래요?

솟대

때론 바람 가르고 싶다.

몸 관통한 깡마른 나무
툭툭 털어내고
설원 지나
대양 건너
초원 가로지르는 철새 되어
바람 가르고 싶다.

때론 흔들리고 싶다.

산길 물푸레나무쯤에
풀꽃 지붕 얹으며
풀벌레 노래 들으며
산새 되어 나무에
흔들리고 싶다.

가끔 아주 가끔은 나도.

이슬에 젖은 달이

오는 임 반가워서 맨발로 나서다가
이 길은 아니다 섬칫 걸음 멈춘다.

세상에 발 담그기란 쉽지 않다고
발에 묻은 모래 툭툭 털어내자
이슬에 젖은 반달이 흑백을 갈라준다.

마른 땅 진 땅 다시금 헤아리며
거친 돌 골라내다 보면 옥토 된다는 것은
강변 밭 일구시던 어머니 말씀이다.

가을 사랑

들국화 핀 자리에 앉으면
벌 나비 되어 같이 앉고
갈대밭 속에 숨어들면
따라 들어와 같이 숨고
산길에 앉아 도랑물에 손 담그면
도랑물 되어 손잡아주고
갈참나무 아래 앉아 편지를 쓰면
넓고 푸른 하늘 되어 다 읽어주는 사람,

산길 토속음식점 초가지붕에
얼기설기 올라가는 박 넝쿨 타고
마음이 먼저 그대 마중 나가면
달빛 걸음으로 살금살금 다가와
와락 품 벌리는
은하 같은 나의 사랑아!

사랑의 발자국

그대 문 두드림에
가슴은 두근두근
희망 가득한 아이의 볼처럼
한껏 부푼 가슴은
사춘기 소녀의 설렘이다.

반가운 마음에
가만히 문 열어보면
예쁘게 새겨진 그대 발자국
가슴엔 펑 구멍이 났다.

내 가슴 강타한
사랑의 발자국.

나의 고운 사랑아

그대에게 한 발짝 더 다가서지 않음은
그대를 사랑하지 않아서가 아니다,
다가서는 나로 말미암아
그대의 가슴이 아파지리라 여기기 때문이다.

나의 고운 사랑아
우리 조금만 간격을 두고 서로 바라보자.
그 간격에 우리를 묻고
우리의 사랑도 곱게 심어보자.
오늘은 비록 빗속 나팔꽃 되어
이슬 맺힌 눈으로 서로 바라보지만
먼 훗날
간격이라는 공간에서 고운 싹이 나고
아름다운 시와 인생이 어울려
우리가 걸어온 길 뒤돌아보며
아름답게 미소 지을 날 있으리니.

봄날엔

파르라니 산등성이 너머로
파란 하늘을 보면
왜인지 몰라도 눈물이 고여
봄날엔.

병아리 햇볕 배시시 웃으며
설산 앞섶 열어 꽃망울 피우면
왜인지 몰라도 가슴 한쪽이 아릿해
봄날엔.

끝없이 스며들 것 같은 연두색 크레파스들
산 가슴에 온통 연두색 칠을 하견
내 언 가슴에도 파릇파릇 풀포기 돋아나
왜인지 몰라도 사랑 하나 키우그 싶어
봄날엔.

그러면 나도 크레파스 되어
내 겨우내 서원했던 그대 가슴에
연두색 고운 물 듬뿍 들이고 싶어서
자꾸만 연두색 눈물이 고여
봄날엔.

그대 흔적

가슴에 머문
그대

한 줄기
바람인가 했더니

그것은
바위섬.

가을 여백

가을은 자꾸만
여백을 만든다.

빨간 여백엔
임의 마음 가―득
노란 여백엔
임의 얼굴 가―득,

덜어낼수록 여백엔
그리움 더 배어든다.

수덕여관

수덕사에 갔더니
여승 화백 간데없고
수덕여관 앞마당에
입술 퍼런 부레옥잠 날 반기네.

시앗과 함께 파리로 떠난 남편을
이제 오나 저제 오나 기다리기 수십 년에
앉은뱅이 된 여인,

덕숭산 바람에 속절없이 지는 꽃잎 되어
임이 새겨놓은 사랑의 말 애무하다가
빗물 적셔 그리움 더 또렷이 새기네.

내 마음에 별 하나

내 마음에 별 하나
보석처럼 반짝이네.

내 마음에 별 하나
등불 되어 어둠 밝혀 주네.

내 마음에 별 하나
사랑으로 설움 감싸주네.

내 마음에 별 하나
푸름으로 내 마음 가득 채우네.

그 별 있어 외롭지 않네.

울 어머니

구 남매 척척 잘 낳으셨지요,
보리밭 고랑에도 낳으시고 강변에서도 낳으시고.
내리 딸 다섯 낳다가 금 같은 아들
서리 내린 두엄자리에 낳은 탓에
고추가 보이지 않아 또 딸인가 하고
솜이불 덮으셨다지요.
아들 낳고도 때 넘겨 못 드셨던 첫국밥을
여섯째딸 낳고는 큰소리치며 처음 잡수셨다는 어머니,
밑엣 것 소중하다시며
허겁지겁 병원 문 박차고 나오신다.
불쑥 얼굴 내민 어머니의 럭비공이
울컥! 오목가슴을 치받는다.

“어머니, 수술하셔요.”
“속 모르는 소리 마라. 나는 아직 여자다!”
덜렁거려도 그게 있어
당당하게 여자로 살아가신다는
어머니

꽃!

예방주사

산길 오르는데 한 남자가
무슨 꽃이에요, 하더니
손목까지 잡는다.

이런,
예방주사는 어릴 때 맞았는데!

페타이어 벽화

누가 버렸을까,
담벼락에 기대앉은 페타이어.

담쟁이 다가와 구멍 깁는 동안
아이들 놀러 와 눈 맞추고
초록색 점점 무르익는 틈에
마실 나온 가을아가씨
덩달아 바알갛게 색칠한다.

시기 많은 눈 내려 눈물 흘리게 하고
바람은 심술부려 헤지고 바래, 들여다보는 이 없어도
미련이 남았는지 철 따라 단장하는 페타이어.

갈 때 가더라도 새 옷 입고 가라고
담쟁이 초록 실 꿰어 봄옷 짓는다.

된장

쩍쩍 갈라진 손등으로
어머니
항아리를 닦아내신다.
꾹꾹 눌러 잘 익힌 자존심
배부른 항아리에 금빛 가득하다.

딸에게 된장을 퍼주고
남은 생을 다독이시던 어머니
덜 익으면 떫고
꽉 봉해놔도 썩기 쉽단다.
너무 싱겁거나
짜지 않아야
맛나게 익지.

이렇게 맛있던 날도 있었다는 듯,
자식들에게 그 맛 보여줄 여지가 아직도 있다는 듯
어머니 손끝으로 간을 보신다.

평생 간 맞추며 살아오신 어머니
잘 삭은 된장이다.

어머니의 치마 속은 요술쟁이

어머니의 치마 속은 요술쟁이
돈도 나오고 인절미도 나오고,

어머니의 치마폭은 보자기
천수답 일굴 때는
땀도 담고 돌덩이도 담고,

어머니 치마 속은 쌀통
옷고름으로 젖 싸매었다가
언제든지 울면 일용할 양식을 주옵시고,

어머니 치마폭은 굽이굽이 바다
주린 배 파도로 일렁여도
자식들은 마냥 좋아라 파도타기하고,

그리고도
어머니 치마폭은 구불구불 큰 산
언제나 찾아가면 시원한.

침묵에 드는 귀

"어머니 동생이 온대요."
"뭐라고? 오래 살라고. "
"어머니 그게 아니고 막둥이 온다고요."
"으응, 우리 막둥이 온다고."
내 칼칼한 목소리와 간신히 의사소통 하고서야
어머니의 귀에 미소가 걸린다.

어렸을 때는 표정만 보고도
내가 무슨 생각을 하는지 어디가 아픈지
단번에 알아차리시던 어머니
우렁찬 자식 목소리 더 듣고 싶으신 걸까
오래갈 침묵에 들고 계시다.

치매 노인

초점 잃은 눈동자에 어리광이 묻어 있다.
평생 쌓아온 삶은 어디로 다 갔을까
기억이 가물가물한 듯 실눈마저 감는다.

사위어 간 세월 저편으로 유년의 기억들이
송송 뚫린 뇌세포 사이 미로에서 헤맬 때
올올이 다잡아본다 희망의 가닥들.

희미한 나들이 길에 지팡이 짚고 선다.
혼이나마 더듬더듬 고향산천 찾아가나
실핏줄 잇고 또 이어 하늘 길을 연다.

혼자 하는 놀이, 둘이 하는 놀이

어머니의 주파수는 고정채널
따르릉 따르릉
어머니 나오세요, 오버
아기주머니 대롱대롱 어머니는
혼자 하는 놀이 아날로그 놀이.

내 주파수는 원격다중채널
삐릴리리 삐릴리리
딸 나와라, 오버
하늘 훨훨 날아다니는 나는
여럿이 하는 놀이 다중 영상놀이.

큰시숙

금융위기 맞은 동생들
듬성듬성 빠진 설날 차례상 앞
조마조마한 큰시숙의 어깨를 본다.

퇴주잔에 가족 이름 읊조리자
힘들다 오지 못한 동생들 출렁이고
큰시숙 머리에 또 한 줄 하얀 파도가 인다.

동생들 무사태평 꼼꼼히 챙기던 큰시숙 말씀
전주역 대기실까지 따라와 둥둥 떠다니는데
하나라도 더 챙겨 보내려는 그 섬에
우리는 또 몇 줄의 하얀 빗금을 더할까.

도시의 유배지

겨울 고궁,
담장 밖에서 가끔 들려오는
자동차 소리마저 젖어드는 곳,
자식으로부터 소외된 쇠잔한 물오리들
고궁 뒤뜰 배회하는지 자그락자그락
젖은 발소리만 들리는 곳,
외국 관광객의 무료 모델이 되어
초고속으로 세계로 날아가는 줄도 모르는 그들에게
간간이 까치들 놀러와 세월유수를 일깨우고 갈 뿐.

팥밀국수를 만들며

두레상에 앉아 밀반죽 송송 썰어
가마솥에 끓여 먹으면 땀띠도 시원한
여름밤 팥밀국수는 별미 중 별미였다.

진땀나는 도시의 여름밤
창문으로 초승달을 보다가
옛 생각에 그 맛 좀 내볼까
아이와 함께 반죽을 민다.

혀끝에 감기던 그 맛
아이도 느낄까 생각하다가도
밀반죽 함께 밀어 행성 띄우는 모습에
아이도 이제 지구를 주무를 나이라는 것을 안다
아이도 훗날 이웃과 함께 지구를 다스릴 것을 안다.

그녀

'섬에 오시거든 우리 콘도에 들러 주세요.'
택배로 온 귤 상자에 메모지 한 장.

초등학교 졸업장이 전부였던 그녀가
돈벌이에 버스 문짝 두드리다가
자동개폐문에 그마저 설 자리 잃고,

여자 팔자 뒤웅박 팔자라 하던가.
괜찮은 한 남자 만나 팔자 고치고
예절수업, 영어강습 생글거리며
백화점 문화센터 나다니던 그녀,

총선에 출마한 남편 뒷바라지로
뾰족구두 뒤축이 닳고 닳을 때
우린 그 집안에서
금배지 나오라고 박수를 보냈다.

소문 없는 이민으로 지워진 기억 속에서
또 다른 세상으로 다가온 그녀가
톡! 톡!
내 입안에서 터지고 있다.

벙어리

강둑에 서서 불러도
열린 세상에선
아무도 대답 없다.

강물은 소통하라 외쳐도
벽을 허물다가도
도로 벽을 쌓아버려
이 세상 사람이면서
이 세상 사람이 아닌

벙어리 강둑을 걷는다.
벙어리 강둑을 걷는다.

돌다리를 건너며

길가다가 뺨맞고
한약 한 제 지어오다가
돌다리 건넌다.

평온하게 흐르던 물이
돌다리 지나면서 지들끼리
돌을 안고 돌아가자고
서로 안아주고 밀어주며
크게 외며 흐른다.

그 모양을 보려니
며칠간 가슴에 꽁 뭉쳐있던 설움
물보라에 부서져 함께 흘러간다.

산다는 것은 그런 것을……
누군가 막으면 안고 돌아가라고
작은 강이 가르쳐 준 날
나, 또 하나의 강을 건넌다.

그림자

족쇄다!
죽음의 문턱에서나 벗어날 이 그림자는.

내 잠시 그늘에 들어
비밀을 키우고 나오면
빛은 어김없이
내 발에 족쇄를 걸고
내 몸 어딘가에 숨은
또 다른 나를
여지없이 끌어낸다.

이렇게 긴 그림자가
내 안에도 있었다니!

교차되는 빛과 그림자 사이에서
수시로 일탈 꿈꾸는 나.

인연

이미 맺어진
너와 나
인연의 매듭.

밀어내거나
당기거나
강가에 서면
물그림자로
거리에 서면
바람으로
가슴 앓으며
다가서는 사람.

애써 잊으려하는가
그럴수록
눈을 감으면
더 큰 걸음으로 다가오는 것을.

가을이 오는 소리

부르지도 않았는데
오라 하지도 않았는데
어느덧 창가에선
귀뚤귀뚤 또르르

꽃잎 질 때쯤
마음 서러운 이 오거든
따듯한 차 한 잔 끓여내 보라고
섬돌 데우느라
귀뚤귀뚤 또르르

살아간다는 것은

꽃 사방에서 탄성 지르는 봄이라고
잘린 나무도 봄의 리듬을 타고
제 몸 가둔 사각 철 울타리 안에서
물 몇 모금 먹고 잎 피워 문다.

저것이 잘 자랄 수 있을지
어느 길손에 모질게 꺾일지는
아직은 미지수

다만 살아있다는 희망의 투지로
봄바람 한 줄기에도
살가움 피우는 나무를 보라!

잎, 입

잎은
태어날 때부터 침묵하고

입은
태어날 때부터 소리 지른다.

가지를 자른 후

물을 달라기에 물을 주었으나
제 분수를 모르고
물이 부족한 나를 다그치기에
가지를 잘랐다.

시원하기도 하고
아프기도 하다.

뒤돌아보니
나동그라진 나뭇가지가 가슴을 후빈다.
잘려나간 자리가 내 눈을 찌른다.

세상에서 잘려나간다는 아픔은
이런 거라고.

과녁

뻥뻥 구멍이 뚫리고도
동그라미만 그리는 과녁

언제 누가 쏘아도
너그러운 품으로
날아드는 꿈 맞으며
동그란 세상 펼치는,

생명의 정수리까지
아끼지 않고 내어 놓는
아버지의 열린 희생.

자작나무 숲길을 걸으며

무채색으로만 나를 맞는
선비의 저 흑백 대비,
텅 빈 겨울
자작나무 숲을 걸으면
선비가 그린 수묵화를 만난다.

여름엔 잎에 가려 보이지 않던 몸
겨울이면 더 하얗게 빛나고
겨울이면 더 하얀 글을 쓴다.

누구도 감히 넘보지 못할
흑백의 완고한 대비로
묵묵히
겨울산을 지키고 있다.

최정희 시집

꽃이 보낸 편지

초판 인쇄 2011년 4월 18일
초판 발행 2011년 4월 28일

지은이   최 정 희
펴낸이   장 호 수
북디자인   김 은 숙, 최 영 미
인쇄   (주)금강인쇄
제본
펴낸곳   도서출판 시인
              등록번호 제384-2010-000001호
              등록일자 2010년 1월 11일
              430-831 경기도 안양시 만안구 안양1동 668-27번지 B동 2층
              Tel 031-441-5558   Fax 031-444-1828
              E-mail : siin11@hanmail.net

ⓒ최정희 2011 printed in Seoul, Korea
ISBN 978-89-965062-3-2

인지는 저자와의 협의에 의해 생략합니다.
이 책 내용의 전부 또는 일부를 재사용하려면
반드시 저자와 도서출판 시인 양측의 동의를 받아야 합니다.

이 시집은 2011년 안양시 문화예술지원금 일부를 지원받아 제작되었습니다.
정가는 뒷표지에 있습니다